XY·寒自我简介

累了：懒在博客之家倦着
醒了：邀请设计疯狂对饮
醉了：缠着墨汁肆意抒情

自曝：最喜欢高跟鞋
认为：自己就是个疯子
预言：下一世还是个小女人
失言：爱死你
断言：解决交通堵塞是外星人的工程
暗示：月球上也有阴天和晴天
讨厌：与人打交道
喜欢：和动物交心
爱好：躲起
行事：歪理
个性：几何题

中文名：张寒
英文名：Crystal
笔　名：XY · 寒
国　籍：中 国
张　寒——著名设计师、自由作家……

※ 装修设计作品入围中法国际设计交流展，入围作品于 2014 年 11 月 25 日 –27 日在法国梅斯展览，并获得法国“双面神”国际设计大奖的评审资格，同时获室内设计创新奖。
※ 2015 年再次荣获法国双面神国际设计大奖提名奖。

※ 获中国国际建筑装饰及设计艺术博览会 2013–2014 年度十大最具影响力设计师大奖。
※ 获中国室内设计师 2014 年度十大资深设计师年度人物奖。
※ 装修设计作品被邀约分期在贵州电视台二频道家园栏目陆续播出，获得观众一致好评。
※ 获美丽家优秀设计网站最具人气设计师，十佳最受房主喜爱设计师大奖。
※ 装修设计作品荣获 2015 年第三届金创意国际空间设计大奖：
陈列软装类——银奖。
别墅豪宅类——年度十佳设计奖。
年度十大杰出女设计师奖。
获奖作品入选 2015 年金创意获奖作品全球巡展——迪拜站参展。
※ 经中国国际室内设计联合会金创意国际空间设计大奖组委会研究，特诚聘张寒为 2015 年第三届金创意奖国际大学生空间设计大赛特邀专业导师。
※ 经中国国际室内设计联合会《设计汇》编委会审核通过，特聘张寒为 2015 年《设计汇》特邀撰稿人。
※ 2015 年，其装修设计作品——<XY · 从江故事 >，被贵州交通旅游频道《家园峰尚》栏目进行专题采访并在多时间段播放分享。

※ 2016 年，张寒受邀参加中央电视台《聚焦品牌》栏目组专访，其视频在中国网络电视台、腾讯视频等十大视频网站展播，并在 40 多家新闻网站发稿。

※ 她还是服装设计师，其服装设计作品于 2015 年 3 月 22 号入选加拿大温哥华国际时装周，并获得加拿大发行十万份的《先枫报》进行详细报道。同时，其服装作品在全世界最领先的美国时尚杂志《VOGUE》上刊登展示。2016 年 9 月 25 日设计师张寒服装设计作品再次入选加拿大温哥华国际时装周，成为闭幕式上最精彩的压轴时装秀，同时接受加拿大北美凤凰卫视采访，并登上凤凰北美新闻的头条。期间接受了北美凤凰卫视美洲台，加拿大 AATV 慧乐网络电视及加拿大都市报记者等媒体专访。

※ 张寒 2015 年当选为贵州省侨商联合会理事。

※ 2015 年在贵州最具影响力的《百姓关注》电视栏目接受采访报道，且贵州卫视《新闻全方位》等栏目也相续播出。

酷爱文字游戏——

认为自己的文字原本就是设计，无拘无束地排列组合，自由自在地涂鸦点缀！

陆续出版了游记《成都·让疲倦打一下盹》，《新西兰·这一站的颜色是绿色的》，《迪拜·任性的国度》。随笔《一个人的狂欢》。小说《她和她的故事》等原创作品。作为系列图书之游记《从江故事第一集》、《欧洲游记·碎碎念》、《温哥华游记·让你陪我走一段》；小说《它和它的故事》等书册正在紧张审核中，不久的将来会陆续与大家见面……

更多关于设计师张寒的信息可进入其博客了解：

http://blog.sina.com.cn/u/1898288183

这一站的颜色是绿色的。

……

人这一生，知音甚少，不够亲密贴心的语言交流极其枯燥。

深知这是人之常情，就连自己非刻意的、无声的回应也静态地宣言着它的与众不同，招来孤傲、清高、另类、自以为是、有个性等褒贬不一。

于是，在一个陌生的地方，穿梭于陌生的人流中，和陌生的面孔微笑，融入自信而极具优越感的白种人群中时，会感觉莫名的自在、轻松和自由。

这里，空气是原始的、风景是原始的、心态是原始的，心情是干净的！
这一站的颜色是绿色的。

一直都认为，最美的景致无论何时都能让你平静、安心。

这样的地方应该有一处安静优雅、休闲淡泊的白色木质小屋，守着一簇簇紫色碎花的围墙，缓缓地与岁月吟诗作画，在不经意间褪去青春的色彩。

这样的安静不是厌世避俗，而是让灵魂在紫陌红尘中独自散步，撰写人生。
而新西兰这一站让我翻阅了这等美丽洁净的诗篇，静美到无言！

地理位置上的偏远，让新西兰成为人类定居的最后一片大陆。从繁盛的毛利文化到浓郁的欧洲风情，原始与现代处处让你惊奇地体验着其间的矛盾个性。

在这片国土，美的不仅仅是风景，而是整个国家、整个城市、整个风土人情、整个人文地理。

不妖娆、不惊艳、不清高、不冷傲。
不会花枝招展地招摇过市，也不会刻意摆弄风姿。
它就那么简单干净，自然地存在着。
可以远观相望，也可近闻欣赏，甚至可与之亲密接触。
它总是安静、淡然地相迎各方来客。
以往的风景总是可望而不可及，而在这片热土，美丽随时触手可及，随处可见诗景。

阳光总是来时热烈，走时无情。变幻无常的天气伴着海风的东窜西闹，演变着新西兰独有的气候特性。可人们总是很乐意地适应着它，并从未感觉这是情绪化的性格。
于是满街可见下穿短裤拖鞋、上穿羽绒外套的休闲装束，这是这片国土独有的时尚代言。

尽管它被凡尘的烟火染得五颜六色，但它依然一如既往地清新。
这片国土太淡然，淡然到有时候觉得自己的存在是一种多余，因而可以放肆地自在逍遥。

开始情不自禁零散地记录些片段，跟着这般简单的景致用心去再次旅行一次。
不想去考虑太多的先后层次，就只想如这美丽国土般的随意、真实、简单。

场景混杂又各自孤立，却让我的心情虚弱着亢奋。
睡眠又开始被禁锢在深夜，回忆时断时续平行交叉。
细节一幕幕在脑海中浮动，欲望着想把它们一下子全部整理，装进信封，邮寄到时间轨道，而后享受着午后阳光下翻阅回味的美妙。

总喜欢对美的事物观察，收藏。
总喜欢让幽暗的情绪保留它的秘密。
总喜欢将心沉潜于海底，暗中给予它营养。

表述有些零散，有些漫不经心地跳跃，任性的表达方式在自己的本性里盛开。
总觉得时间不够用，渴望着将人生加速。
无所期待便无所恐惧！
等不及地提笔……
深夜又开始有了键盘声的陪伴……

——XY · 寒（Crystal）
整理于 2015 年春

这一站的颜色是绿色的……

空气是原始的
风景是原始的
心态是原始的
心情是干净的

灵魂也被洗礼得
清澈纯粹起来

湖边凉凉的风
任性地
骚扰着我的头发
飘动着我的裙摆
竟莫名地感动了
湖面安静的心思
计划着将后半生的故事
在这里填满

其实
它不是绝代容颜的
那般风景
可这种纯净的美好
让人闻香即静
不会醉倒
却会依恋

突然发现之前所有景致的邂逅
都不过只是一种简单的存在罢了

一直都认为
最美的景致
无论何时
都能让你
平静安心

一阵海风飘过——
好冷
一束阳光迎面而来——
好暖

穿一袭素色蓝袍的湖面
洋溢着迷人的魅力
欣赏的目光
聚集于它
一望无际的纯美

XY · 寒随笔

这种安静素淡的景

总是太过撩人情绪

都静守着这等淡泊
深感不到他们固执的欲望
似乎也从未有过刻意的拒绝

漫不经心的邂逅

突又觉得
在此肆无忌惮地
挥霍光阴
也不是罪过了
嗯……

下一季·游
期待
……

第一站——奥克兰 4

在这片国土，不用喂养热情，
便可收获一筐的开心！
……

第二站——罗托鲁阿 21

这里到处布满紫色的花卉，紫色适合独存，即便热闹茁壮地群生也只适合一种色系。
……

第三站——基督城 29

虽然它裸露的气质在我们面前仿佛一览无余，可深感它依然是一个没有答案的谜语，只是这个谜题的措词淡然清新。

第四站——凯库拉 36

一阵海风飘过——好冷！
一束阳光迎面而来——好暖！

第五站——皇后镇 39

与不同的各种生物平等地享有着身边的美景，信手拈来如画的视觉享受。
……

第六站——特卡波湖 57

视线所能触碰到的极限处，隐隐约约有让人浮想联翩的身影，那样安静地雕琢，让人窒息地感动着。
……

第七站——达尼丁 63

一座具有苏格兰风情的城市。
一座爱自己胜过爱一切的城市。
一座会取悦游客又会取悦自己的城市。
一座对失意淡然、对得意也淡然的城市。
一座简单、直率、无视江湖圆滑个性的城市。

XY

·

寒

【第二季·游】

新西兰

闲暇的记忆

躺在软软的呼吸中倾述着懒懒的情绪

踏入这片国土的第一感觉，它是绿色的。
所有一切都感觉是绿色的。
绿色的微笑、绿色的表情、绿色的环境、绿色的空气、绿色的心情！
在这片国土，不用喂养热情，便可收获一筐的开心！

第一站——奥克兰

同行的朋友说："这里没有欧洲繁华呢，名品店不多，人气也不旺。"
嗯！突然觉得更适合自己。
已是繁华的市区也如小古镇般的安静休闲，那即将前往远离市区的景点不更加静谧悠然嘛！

进入它的繁华市区，既感觉不到太多传统文化的韵味，也感觉不到太多时尚的风情。
可这里的人们都宽容友好，休闲随性。

远处，四周鲜花簇拥着白色小屋，透亮干净的玻璃凉台面对沙滩碧海，年过八旬的老两口相对坐着。
一杯咖啡，一本画册。
如此闲情雅致的构图停止了流光，双眼贪婪地吻着这般景致不想离开，而心已开始给自己年老的归宿铺开了画卷！

一位年过八旬的“歌者”，自娱自乐地在安静的街道一角放声高歌着。
干净的格子衬衫，休闲布短裤，时尚的沙滩帽及大大的墨镜。
很艺术的街拍一景散发着自由自在的气息。

时不时有路过的游人在他脚下的大碗碟里放些零散的N币，与静静依偎着老人的街区勾画出一幅异域情调的油画背景，并坦然地演绎着他们想表达的情感。

干净的风
干净的阳光
干净的空气
干净的城市
干净的心情
干净的灵魂
干净了一切
老人的歌声唱亮了夜的繁星

在邂逅一幕幕预约的风景后才发现，这样的街头艺人随处可遇。

就这样安静地听他弹唱着……
足足一个下午，就这样坐着，空白了一切。
让灵魂也可以发呆的地方，轻易地就冻结了好心情！

奥克兰人最喜爱的海滩之一是 Mission Bay。
也是从奥克兰市中心出发最方便抵达的海滩。
大片的柔软沙滩，面对大海，山坡上建满了别墅和酒店。

喜欢光脚被沙滩上贝壳轻咬脚丫的触痛感
喜欢海浪一阵又一阵欢腾着涌来退去的热情
喜欢餐桌上鸟儿不请自来的赴宴
喜欢深夜传来几声海鸥空鸣的打扰

沙轻轻从指缝间漏出，禅语着某些哲理。

奥克兰夜晚的街区空无一人，可街景却让人在某个瞬间心动，有无比安宁的感觉。

远处闻名于世的天空之塔自信地矗立在街旁。作为奥克兰的代表景观，怎么样都不能够与之擦肩而过。在塔顶上190公尺高的旋转餐厅，边欣赏夜景边享受美食，岂是用过瘾可以形容的。

老公拍下一张张由塔上往下俯视的夜景。
而我和女儿则一颗一颗数点着儿时记忆深处的“星星”。

奥克兰的夜会把我灌入它的记忆吗？在来了又走、走了又来的人流里，会留下多少残留的气息？

COFFIX

it
yours.

it
yours.

一个离奥克兰有两小时车程的小乡村。
没错，这就是电影《霍比特人》的拍摄地，被电影制作公司发掘并打造成电影里小矮人的完美家园。

粗壮的宴会树。
每逢节日，霍比特人便在这棵树下载歌载舞，举行盛大的宴会。还记得《指环王》第一部中全村人为巴金斯祝寿的场景不，应该就是在这棵树下吧。

真想在这地洞木屋住上一夜。

《指环王》电影魅惑着游客。

看山水看花草，重温着电影情节中的一幕幕。

霍比特人——身材圆润，卷曲的头发，明亮的双眼和红扑扑的脸颊，还有一张总是微笑着的大嘴。

远处，炊烟袅袅……
如果说纯洁的白是精彩本身的颜色，那么魔界的神秘一定是性感的彩绘。

忘我地拥抱着这神秘
贪婪地呼吸着这灵异
巫灵肆无忌惮的魔力
窥视着世俗的每一个梦
在这里
梦是那么的干净

走进奥克兰博物馆——

关于它，搜索百度便可知晓，不需我在此如同复制粘贴般地废话连篇。

一楼集中了各种毛利文化的展品。
二楼展示了新西兰的自然生物藏品。
三楼纪念了当年新西兰曾经参加过的三场重大战争历史。

kiwi 鸟等新西兰特有生物的标本，也有新西兰天文地理特性的展区。

特别是这里的地震火山展，告知了这个国度与火山之间千丝万缕的缘。
著名的陶波火山带恩惠着新西兰的经济与发展。
火山温泉和泥塘被游客们视为神圣的疗养地。

里面展品丰富。各种动物标本，恐鸟的化石，及两次大战使用过的各种武器。中国的传统文化也坐阵其间：古老的陶瓷，手绣工艺的大龙袍，还有我超喜欢的老绣片……不过大脑深处重复上演的还是它的毛利文化及毛利族的热情歌舞表演。

这里拥有全球最集中的毛利文化收藏。

毛利人是新西兰境内的原居住民。有趣的是，今日的遗传学家通过DNA分析，居然发现毛利人的祖先极有可能来自台湾东部的高山纵谷。更亲、更近的感觉。当地人说现今的主人依然是毛利人，新西兰的官方语言之一还有毛利族语。

在博物馆中，每天都可以欣赏到毛利文化表演。
通过歌舞看懂了西亚人，毛利族是渔业活动中的佼佼者。
其中最精彩的一段表演应该是战舞。
在表演中除了表现男耕女织的民族歌舞外，最有趣的就是称之为“哈卡”(Haka) 的又是瞪眼、又是吐舌、又是秀肌肉的战舞。据说目的是宣战或把敌人吓怕和赶走。难怪在毛利人的雕塑中，各种吐着舌头的人像随处可见。
依稀记得在新西兰体育球类竞技中，常有队员一时兴起赤身裸体吐舌瞪眼的即兴表演让不明就里的对手啼笑皆非。

在以往的兴趣阅读中了解到新西兰的毛利人曾经是世界著名的吃人族。
正式接待宾客时都要互相以鼻子摩擦表示欢迎(称为 hongi)，有时还举行一些欢迎仪式。
会在预先烧热石头的地炉上烹调食物。

一直对最原始的表达方式充满好奇，可惜在这个面对大众的宣传文艺表演中未触及这方面的内容。

听说将要前往的下一站罗托鲁阿，是一个拥有不到6万人的小市，并且居住着2万毛利人，还有罗托鲁阿的毛利人村。
听说毛利人的“您好”是“喀哦入哇！”
听说那里有古时的草舍、岩洞、树屋、树穴、树哨、弯弓石器、大刀长矛……
听说毛利人的礼仪是当女士示吻时，男士主动上前一步，抬起双手，张开双臂，两手轻轻搭上对方双肩，慢慢地，先是鼻尖，后是前额，看准对方的相同点，轻轻地贴靠。
听说……
兴奋中……
期待中……

这里到处布满紫色的花卉，紫色适合独存，即便热闹茁壮地群生也只适合一种色系，一旦混入了其他颜色，虽也漂亮，可那份脱俗清新便顷刻之间荡然无存。

这里的紫色都是一片片的。

第二站——罗托鲁阿

我最喜欢的淡雅紫。

遗憾的是这一站，除了在弥漫着白色硫黄气味的露天温泉池中浸泡外，什么热气腾腾的火焰山、雨雾缭绕的盘丝洞等自然景观都未亲眼见证，就更别提毛利人村了。

不同的心路历程和环境会导致对事物的感受和理解有差异，认知的隔阂也会产生于旅游中的交流障碍或者偏差。于是导致此次错失了前往毛利人村的机会，因为同行结伴的朋友们都没有前往这个村子的打算，而只是热衷于享受温泉的热情。虽然我很理解人与人之间的所需是平等的、开放的，可潜意识还是忍不住地责怪着老公对人情世故的妥协，责怪着自己对老公谦让的宠爱。

对待一些人和事，有时除了只笑不语，的确也没有更为妥当的方式。
老公对人很好，很是会照顾情绪，很会用无厘头似的幽默方式缓解枯燥尴尬的现场气氛。
朋友们总是会想起他和邀约他，这是他的优点，却是生活中的缺点。
一个夜晚，告诉老公以后这样的妥协不允许再发生。
新西兰我一定还会再次前往，而毛利人村将是我落脚安身的第一站。

不错的休闲度假家庭式旅馆及时地安抚了略有些失落的情绪。
旅馆内设有蒸汽浴室和露天游泳池。

罗托鲁阿——“火山上的城市”，却感觉不到火山爆发的暴躁，相反的是淡雅的紫色心情。

夕阳下，湖边凉凉的风任性地骚扰着我的头发，飘动着我的裙摆。竟莫名地感动了湖面安静的心思，计划着将后半生的故事在这里填满。
突然发现之前所有景致的邂逅都不过只是一种简单的存在罢了，灵魂也被洗礼得清澈纯粹起来。

这般的景致，竟与它有种十指相扣般的温暖。开始渴望能够永久体悟到与它肩并肩行走时的喜悦，如同一个动人的美丽女子，清新淡雅且飘逸绝尘。

其实它并不是绝代容颜的那般风景，可这种纯粹的美好让人闻香即静，不会醉倒，却会依恋。

发现这个地方和自己是这般相似。
都热爱自由，喜欢把玩孤独，不愿为一切繁复妥协。

它天性浑厚，纯朴简单，却有着空灵的悟性、脱俗的超然。

它的一景一物，都可以随时廉价地收买走我的灵魂。

好喜欢与它一起的时光。发现自己爱上了这个能自由呼吸，连感动都觉得多余的城市。
这里虽无烟火繁华，却让人甘愿守候它所遗世的某些荒凉。
倘若这片土地需要为之作出一些妥协，我也心甘情愿，因为深感对它的守候不是绝望而是希望！
相信它定能够慢慢消磨我的棱角，让自己重新磨炼修复！

缘分真的很奇怪，和某个人是一种缘，与某个地方又是另一种缘。一旦苏醒了这种感觉，便千里迢迢都要来与之相见。无论相隔万里之遥，终会有聚在一起之时。

夜晚，一家子围坐壁炉旁，闻着烤面包的清香，轻念着情不自禁感叹的随笔。
老公与女儿若有所思地听着，彼此意会地交换着表情。
心里有了某种预感，在这个美丽的国土，不久的将来一定会有属于我们一家子的故事。

风尘中的五颜六色固然让人的一生多姿多彩，而能够独饮岁月的清欢却不是每个人都可以享有的福报。倘若能够淡定从容地品尝世间百态，或许今世有缘与之牵手同行。

夜晚如同一个寂寞的诗意男孩，独自守着湖边的淡淡雾霭。

这么多年来，已经学会了去接受世间范畴中的一些不合理内容，用好心情去允许它的存在。而现在突然觉得还必须学会另一种技能，那便是不要纵容这样的不合理，不要去浇灌和喂养它。应该不理会、不附和、不接应。否则，会不知不觉地喂养慢性毒药于人生，时间会因此而患上绝症。

常常会去思考“理解”这个单词，总感觉只有在祷告的时候它才会起作用，平时的互相理解或许只是一种自我麻痹。
真正的理解是具有深度和脱俗的，所以它常常缺席便不觉奇怪了。

遗憾与失落却更增添了一份对它的不舍和向往。

虽然它裸露的气质在我们面前仿佛一览无余，可深感它依然是一个没有答案的谜语，只是这个谜题的措词淡然清新。

经过岁月无情的磨炼后，不断地删减和简化，城市虽渐渐成为了另一个样子，可那份清淡和平常更加得到澄清和明确！

第三站——基督城

这一站就一天的停留。

2011 年经历了一系列地震破坏性的蹂躏后，残留的砖瓦还依稀可见。

不过整个城市还是挺美的，是一种漫不经心的美，看不出它的伤。

也许它的智慧与淡然与生俱来，如此道行不需经过漫长的修炼，在众人心中总能够赢得一席之地，渴求与之交好，并且甘愿与世间繁华断交。

尽管生活在这个城镇的人们都会有不同的故事、不同的人生，可他们都静守着这等淡泊，深感不到他们固执的欲望，似乎也从未有过刻意的拒绝。

城市中心的坎特伯雷博物馆。
坎特伯雷博物馆，是由新西兰著名建筑师孟福特(Benjamin Mountfort)设计的杰作，于1882年完成，类似英国的堡垒建筑风格。

博物馆的馆藏超过200万件，除了与奥克兰博物馆类似的展品外，还介绍了新西兰地貌，以及来自北岛移居坎特伯雷的Waitaha族人的生活。

世界窗橱：英国维多利亚时期的藏品掺杂着充满异国特色的奇异物品。

孟福特的展室：从苏格兰裙到带波纹的丝织品；从工作服到女性长袍及假发，以至背心和无袖衣。

一条十八世纪的街道栩栩如生。

一个相对独立的展厅："新西兰历史上最黑暗的一天"——2011年2月22日的大地震。直至今日，这座花园城市依然没有从这场灾害中完全苏醒过来，依然可以看到处处残垣断壁。

心情多少都会有些沉重，急于远离这样的沉闷，便信步走入博物馆后的植物园。
一座为纪念维多利亚女王的小儿子Albert Edward王子与丹麦的Alexandra公主结婚而创建的花园。

于是不经意间便和雅芳河不期而遇了。
载着英国式的古典和浪漫，从植物园中蜿蜒流淌而过。
一条英国式方头平底船。
起源于古老的英国，撑船者总是很英国范儿，将此体力活儿演变得有绅士风度，甚至有些帅气。
古典而高傲的这般风情也醉美了这拱桥流水。

静坐在河边。

渡船的绅士优哉地从身旁经过。

这风景一半随意，一半刻意。

一切似乎有意安排着，却又那么平常自然。

随后的一个下午，在一个用集装箱为建筑材料的购物中心——著名建筑师 Shigera Ban 的伟大作品之一。
听着一个浪子艺人的吉他弹唱，共鸣着自由自在的好心情。
还有……
在这儿……
还听说了这样一个故事……

基督城被称为花园城市，人口约 34 万，是新西兰第三大城市，南岛第一大城市。
南岛——地球上最年轻俊美的国土。
南岛与北岛如南北极般相对，并有着一个美丽的传说——“Maui 的传奇”……
Maui 是一个神。
有一天，他带着他的魔法吊钩去钓鱼，一条非常非常大的鱼上了钩。费了好大的劲儿，他和他的四个兄弟耗尽所有神力才把这条大鱼拉上岸，于是这条大鱼就变成了新西兰——它的尾巴就是北岛，它的头就是南岛。
故事是听来的，其实并不动听，也不觉传奇，可却莫名地有种亲切感。

风总是会携带着海冷冷的性情随处交朋结友。都清楚海冷冷性情的脱俗与清高，却并不远离人情冷暖，因此缩紧脖子的同时依然乐意与它亲密接触。

一阵海风飘过——好冷！

一束阳光迎面而来——好暖！

这儿的天气总这样，却没有阴晴不定的感觉。是我对它情有独钟？还是因为它原本就让人安定静心？

第四站——凯库拉

Kaikoura 在毛利语中意思是：吃龙虾的人。
凯库拉 (Kaikoura) 是位于新西兰的基督城与皮克顿之间的一个海滨小镇，小镇的海产资源是上天所赐予新西兰的福报。世界上很少有地方和这里一样，既有距离海岸那么近的山脉（凯库拉山脉），又有如此丰富的海洋生物。
新西兰人民一直珍视、守护着这自然给予的赐福，而鲸鱼、海豚便是这个小镇的瑰宝。

经验丰富的观鲸向导带我们出海，并把船开到海豚、鲸鱼们常出没的海域。
在大海上空晃悠了一大圈，只见鲸鱼的背脊一晃便没了踪影。

倒是海豚的欢腾喜悦着大海。

海延伸远去的美不是用文字可以描述的，那得用心去细嚼、用灵魂去触碰、用无言去试探它的深不可测。
没有尽头的远方将是何等的仙境。

女儿晕船得厉害……

这一站的记忆就只有这少许片段了。

与不同的各种生物平等地享有着身边的美景，信手拈来如画的视觉享受。

这里没有美梦，因为它本身就是美梦。不过对我而言，这里的美梦还是遗漏了好些原始真实的背景。太多繁杂的商业气息已经无法让它再遗世独立，再也无法平息掉所有的喧嚷。你所相信的，或难以置信的，在这里都是真实的……

第五站——皇后镇

一个时刻愉悦着游客，又温暖了自己的小镇。

莫尔大道，皇后镇中最热闹的街道。
沿街悠然地闲逛着两旁的商铺，随处可见的华人让街区少了几分异域风情。

同行的某人说，只要是华人多的地方就一定会有LV名品店。
没多久，LV醒目的字母便呈现眼前。
随同朋友一起进入店内，真心地不觉得有中意的款式，而一旁的华人店员却自豪地说：“没喜欢的没关系呢，我们店铺今天已经被洗劫一空了。”
嗯哪！脑海里突然呈现出所见到的好几拨中国旅游团。
不由得失言感叹道：“为什么中国人都那么喜欢LV呀？”
没想到店里的其中一位店员操着一口标准的普通话坦然直言道：“中国人不光是喜欢LV，所有大牌他们都喜欢，以填补他们那空虚的心灵。”
……
正在选购LV包的一朋友略有些尴尬地放下了手中的包，转身到了另一个柜台。
而这位店员在热情地招呼着大家的同时依然毫不掩饰地表现出对这热闹场景的不屑。
“嗯，中国人就两大类。”

她继续阐述着她的观点——
“一类是出门刷大牌的，一类是在家刷淘宝的。”
我被她这无心的直言逗乐了，便回应她说：
“哈哈，那我就属于在家刷淘宝那类了。”
“哈哈……”
“啊——那你是贤妻良母了。”
她瘪瘪嘴不相信地回应了一句，同时我们都会心地对视并且同时笑开了——哈哈！
……

一段小插曲。
不过却让我突然对老公的某些“古怪”有所理解了。
他常常在购买了某些品牌服饰后又要把明显位置上所展示的品牌标志想方设法取掉。
既不想被周围朋友世故的眼光看扁，又不想落入“土豪”队伍的俗不可耐。
作为一个入世的且真实不虚伪的男子，要保留一份脱俗与清高，还真是纠结到死的难题。
理解的同时对他又多了几分怜爱。

我说：“我真的不太喜欢LV包的款式。”
同行的朋友说：“喜欢的人多的是。”
我说：“好些人喜欢的是LV这两个字吧！”
同行的朋友不语了。

逛了一个下午，累了。

来到一家颇有品位的餐厅，复古且低调，点燃的蜡烛取代了部分光源。
晚饭桌上，听着同行游者的聊天话题。

富态美丽的少妇炫耀亮响着她每月花掉老公几大万的笑音，调侃着麻将桌上如何得心应手的乐趣，还有欧洲的华丽之行及如何花大把钱护肤养生的SPA体验，以及有关LV包在各地不同价格的明细。

听着、微笑着，却不知道如何附和应答，一下子失去了原本能说会道的聊天技能，变得愚钝和呆木起来。

好在这里的空气是清新的、风景是清新的、心情自然也是清新的。
于是就即便一言不发也和这座城市的清新自然相吻合，不会太扫大家的兴。这样的淡然也不会让大家觉得自己的存在是一种多余。

老公肆无忌惮地发挥着他中年男子无厘头的魅力，一桌子因他而欢腾起来，突又觉得在此肆无忌惮地挥霍光阴也不是罪过了。

很多次都有这样的疑惑，不太清楚好些人聊天交流的目的。语言背后总有些让他本人寻求心理平衡的隐喻，往往只是为了让对方听见自己的语言然后附和回应以便获得某些安慰和满足。或许也只是说给自己听，不让自己憋得委屈，在调侃他人的语言交流中获得某种对自己的肯定和释怀一些不平衡。
于是在交流感受中总会体会到如同粘上黏稠液体般难受。
于是本人就喜欢躲得远远的，不近人情。

其实人与人之间总是极容易发生对立和不愉悦的，可他们又常常和依赖、恩惠、情感同时并存。一直都很清醒人性之恶是封存在潜意识深处的，同时也具备被激活的敏感。人总是自私的，只是自私的尺度和自己的修养有关。人们总是在自私、自我、偏见、世故、自以为是中产生各种摩擦，同时磨损掉本就不够坚固的情感堡垒。而后，心态良好者依然坦然自如地继续。心态不良者则恶性喷臭，极不自如，甚至煎熬度日，纠结于世！

晚饭终于结束。
坐在海边发呆了一个小时。
顺其自然地面对时间的停留，随性地将生活中的琐事涂鸦掉。
身上行头的贵贱进入冬眠，人情世故的累赘也无趣逃跑。
简单到唯一可能让你担心的，就是这里有太多可以发呆的时间了。

皇后镇的旅游设施非常完善，中文介绍手册随处可见，很多商店也支持银联付款，很显然已是一个较成熟的商业小镇了。好在大自然的伟大淡化了世俗的味，新西兰政府、人民，对环境的尊重与保护依然保留着好些原汁原味的淳朴与自然。

第二天一早再次来到海滩。

沙滩边上，海鸥、鸽子，休闲自在地在周围散步，身旁一位包着头巾的年轻美少女正安神定性地打坐静思。沙滩上的一处草坪就在繁华商铺的街道旁，远处一对情侣相拥熟睡在阳光下。

这不是度假的海滩，而只是市区路边的一处自然小憩之地。

中午回到旅馆，面对皇后镇的瓦卡蒂普湖

对于延伸远方的，慵懒着的，或仰卧、或侧卧着的群山躶体，白云时而温柔地拥着，时而如软被般地呵护着。在轻哼着催眠曲吗？还是咬耳亲密着爱的故事？

好美的湖景，如同一个素淡的女子，穿一袭素色蓝裙洋溢着迷人的魅力，她将每晚干净纯美的梦境拽入湖底摆设成圣洁的建筑，并刺绣成美图点缀着山水。

湖外晴空万里的信仰只与自己言说着。她似乎并未领略过名山大川，只是闭门营造着属于她自己小家碧玉的风格，筑着一场又一场的恬静之梦。

她这样安静淑雅的美总是太过撩人情绪，竟幻想来生定做个风流多情男子，在这异国他乡与她同享这份静心的孤独。如同湖中心的那两座孤岛，甘愿做她裙边的依靠，深情相随今生来世。

下午则预订了 Skyline 的山顶自助晚餐。从酒店开车到 Skyline，坐很陡的缆车 Skyline Gondola 上山。
途中能看到蹦极的台子，有想尝试的冲动，却没有行动的勇气。

上到山顶俯瞰整个皇后镇,滑翔伞的起飞点就在附近，山上的滑板车基本上是必玩项目。儿时的记忆突然被激活，类似这样的滑板游戏，在小时候可没少玩过。

胆量随着岁月的延长而日益递减，越发地小心翼翼背后所隐喻的是一份责任和成熟。

EARNSLAW
DUNEDIN

第三天的复古蒸汽船之旅

瓦卡蒂普湖上，一艘白色船身配上红色大烟囱的复古蒸汽船在码头上进进出出，宛如明星般的气场抢尽眼球。
它便是恩斯洛号蒸汽船了，皇后镇的吉祥物。当地人也给它一个昵称：Lady on The Lake（湖上伊人）。

进入船上的轮机舱，能看到熊熊的炉火带动着巨大的曲轴重复运动，仿佛回到了上世纪初的工业时代。

一楼可以俯瞰操作，感受那股独一无二的灼热感。轻微的煤烟味叙述着船沿用烧煤的古老蒸汽驱动方式。

回到甲板上倚栏闲眺，一览皇后镇绝美的湖光山色。
登上瞭望塔，观摩船长的精湛掌舵技巧。
潜入蒸汽锅炉房内，察探蒸汽引擎个中奥妙。

一起穿越时光，同享20世纪之初的华美欧式风情。

享用着船上的咖啡和葡萄酒，跟随着悠扬的钢琴声随同蒸汽船穿过瓦卡蒂普湖抵达瓦尔特峰高地牧场。

瓦尔特峰高地牧场——

一群孩子
一片安宁平和的净土
一群海鸥
悠然自得地闲步

与他们相比
我们是那么的浅薄

面对镜头
羞涩也会笑出梦

把欢喜组装成一幅图
安静地让风来回翻动

远离了的嫩绿色
再也复原不了童真的故事

翻来覆去的岁月
依然执着地紧拽着单纯的影子

一直彩绘着想将皱纹剥落
手在涂鸦　心在唱歌

咔嚓咔嚓 瞬间按下快门之时
总觉得照片神奇得像画板

小女孩的美有一种信仰的味道

真心地不喜欢这样的表演

再漂亮的自豪
最终也要被
鼓掌的“精彩”剥夺
夜色还没到来
一场表演便将它的骄傲
肢解扔掉
一次一次地上台
麻木的是谁的触角
越来越熟练的表演
将真实的影子都拐走了
他肢解着它的冷暖
而它却将现实喂养
撑破了游者的伤口

在怀特峰高地牧场……
排斥着剪羊毛表演。
欣赏着牧羊犬的幽默。
感叹着人文景色的自然风光。
饱餐着自助烧烤的美味佳肴。

一下午的时间就这样跑掉了，回到旅馆，好好休息调整一阵，进入下一站的计划——特卡波湖。

欣赏的目光聚集于它一望无际的纯美。

天边如水清洗过似的润净。
视线所能触碰到的极限处，隐隐约约有让人浮想联翩的身影。那样安静的雕琢，让人窒息地感动着。

第六站——特卡波湖

女儿说："哇塞，简直就是世界上最好吃的果冻哦。"

……

特卡波湖的美真的让我词穷。

奇怪脑海中涟漪不断的词句竟然和这般绝代美景无关。或许它已超越美的轨迹，已模糊了风景的极限，如女儿所描述的它竟然是让她贪馋最爱的果冻。

它的美肆意地打破着常规的思维。

何年天空瓦蓝
何时芳草萋萋
何年闲看云雾
何时静听风雨
转眼落叶翻飞了一地的沧桑
鸟落枯枝时
留下的却是几世绝唱
在这里
渐白的青丝也会被埋进
时光的城墙

寂静的乡野，山丘，湖泊，草地，教堂。
教堂不远处另有一高台，立着牧羊犬雕像。

有时候，生命里的感动，只源于最安静的部分。
任风惹涟漪，心湖依纯净。

相偎而坐，柔和的阳光碎了一地。
感恩着这片纯粹，伴着音乐，心情怎能不舒畅。

特卡波湖的星空夜景

抬头仰望星空，银河和大团星系清晰可见，还有难得一见的南十字星。

祈祷期待着有流星划过——

脑海中留存的这段美有收藏存箱底的欲望，它不屑争宠的姿态让人忍不住仰慕珍惜。

从湖边回到旅馆，依然是伸手就可以摘下星星的感觉。

那一夜，一家子数着星星睡不着！

……

一座具有苏格兰风情的城市。
一座爱自己胜过爱一切的城市。
一座会取悦游客又会取悦自己的城市。
一座对失意淡然，对得意也淡然的城市。
一座简单、直率、无视江湖圆滑个性的城市。

第七站——达尼丁

奥塔哥地区的首府，新西兰南岛第二大城市——“南半球的爱丁堡”
19 世纪 40 年代初这里被划为苏格兰移民的定居地。
苏格兰风格的韵味张扬弥漫着整个空气。

沿途建筑品位十足。

高耸的教堂，郁葱的植被，Botany 公园的碎花点缀，异国情调的建筑，私家园林的住宅风景等，为整个城市的油画图片标签了不菲的价格。

无论怀旧、无论感伤，这个城市都留给人们很多不俗的记忆。

喜欢矗立在坡顶上的教堂。虽本人是个虔诚的佛教信徒，可还是会被教堂内神圣的氛围和富有设计美感的建筑所吸引。特别是它远离了缭绕烟火后的清高与自信，让人忍不住地想亲近。没有了蛊惑人们上供的功德箱和点香燃香的热闹场景，反而闻到了虔诚的味。

还有那 100 多年的达尼丁火车站。走在街上远远就看到了高高的钟楼和高贵典雅的外墙色彩。

达尼丁火车站外景

该车站于 1904 至 1907 年间设计建造，属于佛兰德文艺复兴的风格。
走进站台，没有熙攘的候车人。
……

正门，两边的拱形柱廊气派且不张扬。
一楼大厅，彩色玻璃窗搭配着多种彩色纹理的岩石素材。
美轮美奂，眼花缭乱。

一直有着怀旧的情绪，没想到这座城市亦是如此。随处可见的旧款老爷车不理繁华万千，甘愿静守在这僻静的城市。

原来这世间有着相同情怀的人其实并不少。

世界上最斜的街道鲍德温街

这条街仅长 350 米，其坡度却有 19 度至 35 度，被称为世界上最倾斜的街道，据说每行进 2.85 米海拔就升高 1 米。

到那里近中午了，日照当头，有点儿热，看着那坡度，没太多的畏惧感。
而我的注意力很快就被沿街的一只黑猫所吸引……

这个黑色精灵的神情高贵得像个帝王
孤傲得……
像个法师
对 一个黑法师
……
被咒语驱使的巫师
依偎在脚下
貌似温柔
让内心感到瞬间的温暖

突然想起我的猫
我的猫
开始在内心的黑夜处窜动
它盘踞在神秘的水晶球旁
眯着褐色的双眼
预言着
……
它笑了
它的笑
我懂得
因为我的心跳和它一样

第二天，在一条主道街区上演着电影里才可看到的某些镜头。
导游说是我们运气好遇上了当地的音乐节。
富有传统艺术气息的节日。
音乐家们在街道两旁或主道处演绎着不同风格的音乐。大众可以随意坐在街旁任何一棵树下或任一块草坪上聆听，海鸥会时不时地前来串场，节日的氛围因自然和谐而感到分外亲切。

远处着装艳丽的肥胖女歌手，以传统的歌剧演绎魅力吸引了不少中老年朋友，而街道旁青春靓丽摇滚女歌手的激情演唱则让聆听者们忍不住地起身左右摇摆起来。街尾的古典吉他民谣透过艺术气息的空气弥漫了整个街区，如刚磨出的咖啡香味，让人闭上眼使劲吸气地享受。

来来往往的当地居民也是节日里的主角儿：有戴上传统面具的、有着装英式传统服饰的、有刻意装扮老绅士的、有在街边绘画卖艺的、有将自己的旧衣旧物摆放成跳蚤市场的……还有各种异域风情的小吃、各种古典特色的小工艺品也热闹其间。

女儿兴奋地游玩穿梭在整个街区，恳求着不要及早离去。可惜我们之前不知道有这样的活动，提前预订了野生动物园的观光票，有些不舍地匆匆与之告别。好在野生动物园的前往未让我们失望，女儿的失落情绪很快被海豚海豹企鹅们的憨态可爱冲散到了无边无际的海岸线，随之而来的是她的惊呼与好奇！

Turkish Cafe

海鸟与浪花嬉闹着
不甘寂寞的冷风偷窥着大海的心情
流浪的心绪追逐着云的影子
心尖儿触摸到一种洁柔的纯净
微颤着
如鲜花散落于干净的湖面
心跳着宁幽静谧延伸的美

下午的野生动物园归属大自然，把它视为动物园实在不妥，一切都是在原生态的沿途中由专业的导游开车引路观光。
沿途的各种鸟类及沼泽地描述着原始的古老与神秘，大自然别出心裁的构思征服了我们车内的每一个人。

导游半蹲下，用双手往后下压暗示着大家安静。
不远处的黄眼企鹅一动不动。
导游说这个小可爱正在排便，不要打扰它。导游还说如果今天运气好我们可以看到10只左右的黄眼企鹅，但是只能够远观，企鹅害怕打扰，归巢时总是小心翼翼。

于是，静静地，就那么静静地，把柔软的心轻轻放在草坪上，仿佛这样便可与它们依偎亲近。真想让自己融化为透明的空气，肆意地和它们对视交流。

心，很轻很柔，因为阳光，可以看到它们憨态的笑容。它们的影子在不远处一动不动，而我指尖的灵气却早已经触摸到了它们光滑的肌肤，一如此时的海风舔吻着我的一切。那些温柔的细节，犹如海浪的涟漪，一圈圈荡漾开去……

导游说这片海域现有的海狮数量已经大量缩减，且雄性海狮多出雌性海狮好多倍，于是便有了好多雄性海狮同性恋的故事。

瞧海岸上的这对“情侣”，闭着眼，感受着彼此的温暖。

它仰望着蔚蓝如洗的天空，任丝丝缕缕的阳光洒落在伴侣的脸颊，惬意地深深呼吸交流着爱意。
它们的身心都沉浸在被大自然洗涤的快乐里。
而它则放下世态固有的沉重，敲响所爱狂热的知觉，任性嬉闹亲热了好一阵。
让这一山一水、一草一木，都一同游牧进天堂。

微风、白云、海鸥、沙滩……
这爱的镜头穿越了我软软的思绪，听见了自己的心跳回旋出轻轻的美。

不露痕迹的丝丝阳光，执着地穿越过昨天的风雨落进我的双眸。心会不由自主地仰望天空，温暖瞬间包围了四周。

一朵篱畔的白菊，散发着淡淡的笑。

静谧的海滩，木香的空气，暖暖的心情。
一切倦意，心，亦倦意……
怀抱里突然多出了本厚厚的“诗书”，游步在咸咸的空气里。

黄眼企鹅开始归巢，海狮开始启动笨笨的身躯朝海的深处奔去。
大自然又有了不一样的声音。
站在山顶，望着夕阳最后最后的一丝光亮，将心底的琐碎焚烧掉。
微笑悄然光临，慵懒瘫坐于石上。

这样的人生，什么都可以想，也什么都可以忘。
……
短短 15 天的游记也就只有这些一见钟情的感受了，深入了解的机会等待以后的再次相遇吧！

停下手中笔，闭目良久，发现大脑深处还来回游荡着一些关于自驾的零碎片段，急欲想跳出思绪，留下记忆！
好吧，后补简单啰嗦下，作为此次游记的结束篇吧！

关于自驾游不得不啰嗦的……
关于自驾，一开始老公还是有些忐忑的。
临行前，老公认真地了解了新西兰的交规和行车礼仪。
其实交规和国内大同小异，只是主驾驶是在右面，而国内的是在左面，需要点儿时间熟悉一下，对于老公熟练的车技来说不是问题。
不过，开车现场慢慢便发现不同的地方就实在太多了！
那里——
交通通行迅速，老公开车暴躁症痊愈。
所有车子对游人即将过马路的行为都会做出谦逊的绅士礼让。
所有我们曾经谦让过的对方都礼貌地回馈我们灿烂的笑容和感谢的肢体语言表达。
停车时都会互相谦让并且为彼此提供方便。
超速和压线等违规行为只要被群众举报就一定会被追到天涯海角罚款。
……
还有，回国后，老公开车的暴躁症偶尔又开始犯病了！
没办法，谦让也要在自卫的前提下不是！

写到这儿突然觉得把它定位为常规的游记书实为不妥，能否讨好大众也有些忐忑。不过最终还是归属于自己心的坦白，尽管这样的写作方式是孤独的。

我是一个不太喜欢和外界互动的游者，更多时候都只是宅在自己的方式里与时间交流。情绪常常游离于社会边缘，总喜欢用自己喜欢的方式表达自己个体的世界观。

关于游记，不想把关注点仅仅停留在如何旅游上，有时候因为过于关注如何旅游，而遗忘了途中的热闹。
旅游对我而言，究其本质，只是一种对生活的另外一种领悟，我在期间试图重新审视自己，重新梳理情绪。

我的游记无关计划、预料、期待、想象、设计，只想经历其中，保持单纯，无须给予，也无须界定。

在仅有的数日时间里，能够与大自然讨论信仰、环保、价值观……
足矣！
能够平凡安静地记录下一切自己想记录的……
足矣！

后记——

新西兰回国后，在好友们一再的鼓励支持下，在温哥华时装周主办方的再三真诚邀请下，决意参加温哥华 3 月时装周。
可因从新西兰回国后已是 2 月底，时间太过仓促而耽误了签证。其结果是设计服饰被好友们带过去参加并获得圆满成功，而本人则因签证被耽误而未能够亲自前往留下些许遗憾。

不过好事多磨，因3月温哥华时装周走秀获得圆满成功，主办方又真诚邀约了2016年9月的时装周走秀。

时间还算宽裕，倘若签证下来，那下一本游记自然便是“温哥华之行”了。

奇怪更多的兴奋点是想记录下前往经历的点点滴滴，而非参加时装周本身。内容当然会包括参与温哥华时装周的前前后后及所有花絮……

嗯！自己都好期待呢！

下一套：

温哥华之行——《让你陪我走一段》预计2017年与大家见面分享。

——XY·寒（Crystal）

整理于2015年春

图书在版编目（CIP）数据

新西兰：这一站的颜色是绿色的/XY·寒著．－北京：中国社会出版社，
2015.11
（XY·寒）
ISBN 978－7－5087－5181－8

Ⅰ．①新… Ⅱ．①X… Ⅲ．①游记－作品集－中国－当代
Ⅳ．①I267.4

中国版本图书馆 CIP 数据核字（2015）第 253843 号

丛 书 名： XY·寒
书　　名： 新西兰：这一站的颜色是绿色的
著　　者： XY·寒

出 版 人： 浦善新
终 审 人： 王　前
责任编辑： 杜　康　　**责任校对：** 王银霞

出版发行： 中国社会出版社　　**邮政编码：** 100032
通联方法： 北京市西城区二龙路甲 33 号
电　　话： 编辑部：（010）58124864
邮购部：（010）58124848
销售部：（010）58124845
传　真：（010）58124856
网　　址： www.shcbs.com.cn
shcbs.mca.gov.cn
经　　销： 全国各地新华书店

中国社会出版社天猫旗舰店

印刷装订： 廊坊市印刷厂
开　　本： 200mm×200mm　1/16
总 印 张： 15.875
全套书字数： 100 千字
版　　次： 2016 年12月第 2 版
印　　次： 2016 年12月第 1 次印刷
全套定价： 45.00 元

中国社会出版社微信公众号

XY·寒自我简介

累了：懒在博客之家倦着
醒了：邀请设计疯狂对饮
醉了：缠着墨汁肆意抒情

自曝：最喜欢高跟鞋
认为：自己就是个疯子
预言：下一世还是个小女人
失言：爱死你
断言：解决交通堵塞是外星人的工程
暗示：月球上也有阴天和晴天
讨厌：与人打交道
喜欢：和动物交心
爱好：躲起
行事：歪理
个性：几何题

中文名：张寒
英文名：Crystal
笔　名：XY · 寒
国　籍：中 国
张　寒——著名设计师、自由作家……

※ 装修设计作品入围中法国际设计交流展，入围作品于 2014 年 11 月 25 日 -27 日在法国梅斯展览，并获得法国“双面神”国际设计大奖的评审资格，同时获室内设计创新奖。
※ 2015 年再次荣获法国双面神国际设计大奖提名奖。

※ 获中国国际建筑装饰及设计艺术博览会 2013-2014 年度十大最具影响力设计师大奖。
※ 获中国室内设计师 2014 年度十大资深设计师年度人物奖。
※ 装修设计作品被邀约分期在贵州电视台二频道家园栏目陆续播出，获得观众一致好评。
※ 获美丽家优秀设计网站最具人气设计师，十佳最受房主喜爱设计师大奖。
※ 装修设计作品荣获 2015 年第三届金创意国际空间设计大奖：
　陈列软装类——银奖。
　别墅豪宅类——年度十佳设计奖。
　年度十大杰出女设计师奖。
　获奖作品入选 2015 年金创意获奖作品全球巡展——迪拜站参展。
※ 经中国国际室内设计联合会金创意国际空间设计大奖组委会研究，特诚聘张寒为 2015 年第三届金创意奖国际大学生空间设计大赛特邀专业导师。
※ 经中国国际室内设计联合会《设计汇》编委会审核通过，特聘张寒为 2015 年《设计汇》特邀撰稿人。
※ 2015 年，其装修设计作品——<XY · 从江故事 >，被贵州交通旅游频道《家园峰尚》栏目进行专题采访并在多时间段播放分享。

※ 2016 年，张寒受邀参加中央电视台《聚焦品牌》栏目组专访，其视频在中国网络电视台、腾讯视频等十大视频网站展播，并在 40 多家新闻网站发稿。

※ 她还是服装设计师，其服装设计作品于 2015 年 3 月 22 号入选加拿大温哥华国际时装周，并获得加拿大发行十万份的《先枫报》进行详细报道。同时，其服装作品在全世界最领先的美国时尚杂志《VOGUE》上刊登展示。2016 年 9 月 25 日设计师张寒服装设计作品再次入选加拿大温哥华国际时装周，成为闭幕式上最精彩的压轴时装秀，同时接受加拿大北美凤凰卫视采访，并登上凤凰北美新闻的头条。期间接受了北美凤凰卫视美洲台，加拿大 AATV 慧乐网络电视及加拿大都市报记者等媒体专访。

※ 张寒 2015 年当选为贵州省侨商联合会理事。

※ 2015 年在贵州最具影响力的《百姓关注》电视栏目接受采访报道，且贵州卫视《新闻全方位》等栏目也相续播出。

酷爱文字游戏——

认为自己的文字原本就是设计，无拘无束地排列组合，自由自在地涂鸦点缀！

陆续出版了游记《成都·让疲倦打一下盹》，《新西兰·这一站的颜色是绿色的》，《迪拜·任性的国度》。随笔《一个人的狂欢》。小说《她和她的故事》等原创作品。作为系列图书之游记《从江故事第一集》、《欧洲游记·碎碎念》、《温哥华游记·让你陪我走一段》；小说《它和它的故事》等书册正在紧张审核中，不久的将来会陆续与大家见面……

更多关于设计师张寒的信息可进入其博客了解：

http://blog.sina.com.cn/u/1898288183

目　录

设计是心写出来的故事 /06

当潇洒的风为一片云驻足低眉时，柔情便滋润了艺术的每一滴雨。于是，设计便如同空气中飘悠着的情歌，只要还活着，呼吸便随时细嗅到。有时候设计就是心写出来的故事！

<水岸金都>小楼房整体家装 /09

不俗的点缀，拂落满一地的交心话语，对家的解读被轻柔地翻落进本心的世界，与往事叠影的片段栩栩如生地放映着……

<保利平层>住宅整体家装 /56

一瓣瓣心香，悠悠飘落，乱了屋内的影子却美翻了俗不可耐的留白。有清辉、有明亮、有掌心里的香气、有夜雨露煮的花茶味。闲情一盏，足够一生品茗。

设计是心写出来的故事

一直做着自己喜欢的，爱着自己所爱的。这赋予了灵魂一份简单的心境和远离世俗的孤僻，于是也造就了对时尚前沿敏感的嗅觉。

慢慢发现贪婪的已不仅仅是信手拈来的道具，心系着的是自己对设计本身独有的解读。
当生活以心动的优雅轻触着岁月的痕迹时，阅历便成了最好的设计素材！
很清楚设计的艺术不是自己看见什么，而是在于你让别人看见了什么。因此学会了让肆意放纵的性情能够恰到好处地摆放；学会了乐观地执着；学会了让四季交替的光影笑着拍照留影。

而今，只想争取把阅历的沉淀推向艺术的无所顾忌。

一路走来，不管是装修设计也罢、服装设计也罢、珠宝设计也罢……
设计的简单到不简单，再到刻意的雕琢，而后又顿悟般地回归原始。慢慢意识到设计不是不着调的天方夜谭，设计是随处可见却无法触碰的奇妙答案。而有时候艺术就是放纵的哲学！
当潇洒的风为一片云驻足低眉时，柔情便滋润了艺术的每一滴雨。于是，设计便如同空气中飘悠着的情歌，只要还活着，呼吸便随时细嗅到。
有时候设计就是心写出来的故事！

生活原本就是艺术，设计无处不在。
将生活中的点点滴滴组装成书册。

可以把这本书作为装修设计作品分享，也可以把它当成生活中留下的一些艺术片段。
对本人而言，设计有时候就是心写出来的故事。

部分装修设计作品将分别以A、B、C、D、E五部分陆续和大家分享。
此次先和大家分享2013—2014年度第九届中国国际建筑装饰及设计艺术博览会获奖作品。

A部分：
一、＜水岸金都＞小楼房整体家装。
二、＜保利平层＞住宅整体家装。

——XY·寒（Crystal）
部分装修设计作品分享(A)

一、 <水岸金都>小楼房整体家装

一种本心的情绪，注定被牵引，而我以设计的方式，趁机试探了这雅俗的眼光。今宵，读到了相同的品味，整夜兴奋未曾合眼，生怕灵感滑落于俗世，辜负了俗界以外的那些不屑与孤傲。

不俗的点缀，拂落满一地的交心话语，对家的解读被轻柔地翻落进本心的世界，与往事叠影的片段栩栩如生地放映着……

心里想要的风景，留下便是传奇，不为他人眼光，只为取悦自己。
……

＜水岸金都＞小楼房主人的一封感谢信

致×丫客户的一封信

各位×丫的客户朋友：

大家好！我是×丫的客户曾欢。在此，基于对×丫和×丫创始人及艺术总监张总的感谢，我愿将自己在装修过程中的感受与各位分享。接下来，大家一起来参观我的家吧。你们所看到的我家里面，除电器外的所有（主材、辅材——地板、地砖、家具饰品、床上用品、灯饰、靠枕、靠垫、地毯等等的所有）只要是你看到的都是×丫装饰的产品，房屋整体装修期间，我没有费一分神一分力，由×丫从设计、装修、软装全程负责，我的责任就是拎包入住，结果如愿以偿，非常开心！

水岸金都这套房，建筑面积150个平方，实用面积135平方，是为一家老小（三代同堂）的居住而购买，也是计划最终定居的温馨港湾。在装修上，希望能感觉宽敞明亮，具有简约时尚风格。在功能需求方面，最好能根据家庭成员的个性喜好设计主人房、父母房、女儿房、卫生间，因为和老人一起住，家里亲戚经常会过来热闹热闹，不可避免的需要娱乐休闲空间，满足打打麻将、喝喝茶等、聊聊天等娱乐功能，在空间利用方面，当然是希望能将有限的客间隔出一间书房。

装修前，自己没有什么经验，带着这些想法，找了几家装修公司了解了一下，大部分方案不满意，而满意的，装修价位又远远超出了自己的承受范畴。

妹妹听到了自己的情况，拿了个博客地址，让我看上面的装修作品图片，借鉴借鉴！在看到装修作品的同时，了解到张总正在创X厂装饰的品牌，若愿意将水岸全都这套房作为X厂的样板间，就获得张总的亲自设计，还可免设计费，张总的设计费可是900元/平方，至于整体装修的费用，居然在自己的承受范围，真是非常满意！

X厂装饰与其它装修公司的不同之处还在于，设计师会全程跟进，与工程师交流，因为，我每次忍不住去看装修进度和效果，都能在工地上看到张总，有这份责任心，X厂装饰想不做好都难呀！

另外，自己也有比较惭愧的一面，作为客户，一定要说一说，估计这会是每个人都会有的心理。因为不懂装修，中途会到现场看，看到一些不能理解的事就会生出不信任、质疑，虽然张总告诉我，相信她，装修完工后且所有的家居、装饰、床上用品到齐后，一定给你一个Magic效应，但我还是忍不住有情绪。直到结果出来后，身有感触的是：装修完工后我看到的效果与中途去看的情形，简直是天壤之别，交给其它装修公司，我不知道，交给X厂装饰，交给张总就能达到这样的效果！

搬家入住后，在使用细节上的一些调整，X厂处理得及时到位，让家人对对我赞不绝口。老公说，看了那么多家的住房，同样大小，同样整体装修价位的房，就觉得我的家最漂亮，功能性最全面。

总之，水岸金都这套房的装修，作为客户，自己很满意，同时，也充满了感激！如果我还有一套房，一定还要让张总给我设计，依然要交给X厂装饰装修。

X厂客户常欢执笔手书

照片为本人提供的真实近照。

进门处

有着灵气的外表，曼妙的风韵。无论什么风格，都是一道亮丽的风景，一幅动态的画面。

客 厅

浑身散发的清新气质定会醉了喜爱的心，动了呵护的情。

辉煌了灵魂的角落，为奔波的
疲惫涂抹了五彩缤纷的色泽。

New york

ABBEY ROAD
SAVILE ROW
WHITEHALL
FLEET STREET

厨 房

散发着日子的清香，感染着彼此的温柔。

洗衣房

餐 厅

主 卧

引人无限想象、引人憧憬美好。是一种静美、是一种优雅，牵引着梦寐以求的忆想和留念。

NDRY
LOW CARBON
NEW YORK
U.S.A

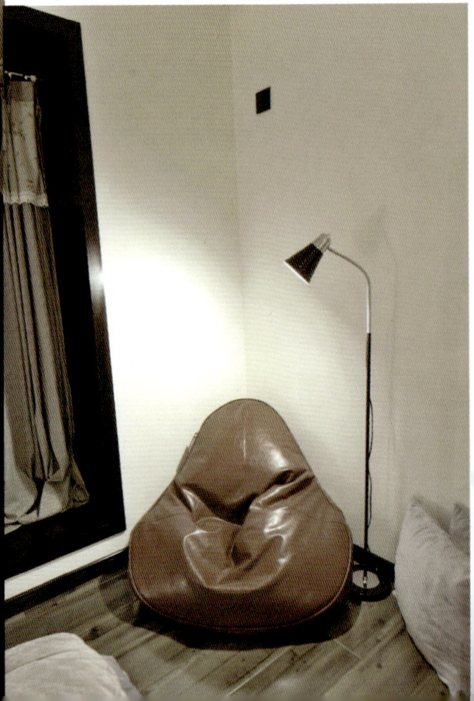

衣帽间和书房

Arletta
Arletta
Egypt
Egypt
Furniture

父母房

淡定的心态，良好的气质，如一本本香味弥漫的“心灵鸡汤”，长久储存在智慧的国度。

儿童房

BEATLES

过 厅

淡淡地忘记自己的存在，让自己全身心地投入家的怀抱，心写出来的故事让它无怨无悔地付出，彼此欣赏便在不知不觉中。这个过程是一种精嚼，有品味的精嚼。感慨中的升值，意念中的超然。

二、＜保利平层＞住宅整体家装

也许没有精灵般的魔法效应，也不会有幻化无常的仙境。但，在某一个时刻，可以让心安静地坐下，原创出自己的优美旋律，演绎属于自己的梦幻角色。

米兰花香的甜美在深夜开始抒情着它的散文，让那些不消停的嘈杂和喧闹连同街道一起在静夜里甜甜地安睡。

把疲惫的自己揉进沙发一角，将一切都摔进家的摇篮。让泛黄的暖光温馨地轻念着家的诗篇，像极了初秋那点暖暖又凉凉的风，轻易地就吹动了心的发梢，吹破了繁杂的琐事。

心情开始轻松跳跃起来，连线成一个一个流动的字迹写满整个屋子。

在家的时光，一丝一缕缀成花絮，心起风时，便放飞了满心的悲喜缠绕。这是个剪碎苦闷绸缎的地方，爱的眷念，在这家的絮絮叨叨里安门落户。

在这家的“田野”里，可将自己点墨成花，迷途在这温馨又浪漫的布局。

在这个季节，好心情会情不自禁地让家的温度暖起来，回眸往事中该有的暖慰，总是躲在家的某个角落，不经意间翻出，盛进剔透的玻璃杯中，邀月同饮，灌醉心头暗涌的爱意，填上一世永恒相伴的誓言。

一瓣瓣心香，悠悠飘落，乱了屋内的影子却美翻了俗不可耐的留白。有清辉、有明亮、有掌心里的香气、有夜雨露煮的花茶味。

闲情一盏，足够一生品茗。

浅秋的家园，藏着几分夏末的余温，风不语，树却懂，未曾守旧的四季，依然温馨着这般风景。每一季的花开之约，你来，或不来，这温馨的家园依然等着你！

用心解读着这般景致的唇语，一些装饰，与怀旧有关。有了邮寄的地址，心事不会再无依流浪。

如果有一天，我不再写有关家的故事，那么文字便立即失去了生命和价值。
设计是心写出来的故事！

<保利平层>小楼房主人的一封感谢信

致XY客户的一封信

XY的朋友：

大家好！作为XY的客户，在此，先向XY的张总表示一声诚挚的谢意！感谢她让我如此省心的获得了真正意义上的拎包入住享受。

因工作忙，而保利温泉这套房装修好后，只是作为第二住所使用。所以在与XY的张总在装修理念上达成共识，将钥匙交给XY后，就没有再问过此事，整个装修期，我从未去看过，没操一点心，直到XY装饰约我收房。

当我打开门的那一刹那，说实话，真是惊叹不已，太意外了，这类美式复古的风格正是我所想要的，张总感觉真是太利害了，紧接着儿童房中传出了女儿和儿子的欢呼声，她们高兴的嚷嚷着，当天就想搬进来。

第二天，爸妈过来参观，非常的满意，对整套房细节的处理和功能性的考虑，更是赞不绝口。可以说XY装修的这套房，让我们全家老少都满意，而且还让我非常省心，而贵阳就缺这样的真正的整体家装公司，相信以XY装饰的专业度和服务，在此领域，一定会是整体家装客户的首选。

再次向××表示感谢！以后我的别墅还是找××装修。

××客户张静执笔亲书

照片为本人提供的真实近照

从进门客厅开始

客厅　佛堂　餐厅

在寂静的夜晚，缓缓打开家的画卷，将寂寞恣意地涂抹开，丰盈满温馨灯光的底色。
心房深处最柔软的地方，便开始轻轻触出绚丽的抽象剪影。

JOHN WAYNE

一直很喜欢纯天然的元素，它就像儿时的童真一样，直透心底。它是淡淡的，却不像白开水，里面或沉浸着些许浓茶沉淀后的清凉苦，细品后会有回甜的味。一直热衷于追求这份感觉，它总是会让我触碰到嬉戏在心底里的那份原始的快乐！

慵懒地斜躺在沙发上闭上双眼，细闻这丝丝温馨将缕缕爱意织成了家的画卷。携一首轻柔的心事，绽放出一瓣心香的诗句，送给醉在这般好心情的自己！

由此相隔的休闲区域进入佛堂圣地

静坐小窗前，嗅吸窗外淡淡的清风。品一口淡淡的香茶，轻吟岁月弹奏的呼吸。心禅定着远离纷扰，放逐禁锢的灵魂，回归净土。

这样的装饰无关于表象、财富与奢华，而是身于草木心，心在云水间的一份雅致。是释放自己本心的一种方式，是不受世俗禁锢的一种洒脱。

JOHN WAYNE

暖色的茶杯无须调成鸡尾酒的味
也能频频抛撒香吻连同满屋的醉

心事，被家的星星点点吹拂成花，安插于月窗下的花瓶里。旧念依然，那些饱含流连与安居的诗句，只需你懂，便够了。

休息区

洗衣房

主 卧

远离俗世干扰的豪华
周身会被一种滋味萦绕
无法言表
不要让浅薄的眼光忧怨
无休止地侵扰心田

主卧卫生间

主卧衣帽间

家的温馨荡涤了心尘的疲惫，融化了疲惫的
惆怅，冲淡了惆怅的忧郁！似潺潺流水溢过
心田，隐隐地透着干净的纯。纷飞的心事开
始美妙起来，与这般暖意交融。

父母卧房

给这个温馨的家园留下怎样的风景，
在于岁月沉淀后的阅历。

卫生间

儿童房

这样的装扮总能够寻回一些旧年的字迹，一幕幕如烟往事，穿过尘封的记忆，恍若隔世。而我们，终将会老去，在这个温馨的小屋里。

POST
POST

ABC
ABC

客卫

一直想修辞一下故作富贵的那些装饰，以此来安慰偶尔有点儿残缺的心情；一直想用设计的某些元素来抒写远离现实的不同梦景。

想塑造它一派孤傲的个性，却又不得不将它囚禁于世俗的牢笼。或许，只有偏执的我行我素才能像诗人一样艺术它的心脏。

用尽所能设计出怡人的暖香，在不经意间，会心于一米阳光的窗台下，用洁净不带一点儿尘埃的心思相惜微笑。

在平常心的烟火里，抽离掉烟雾弥漫的缭绕，静谧在此。

在装饰众多的品味情趣里，整理出与真实有关的一句句、一段段。用那枝根生了念想的设计态度，涂鸦最显眼的某一角。晒出抛开世俗的不一般景致，晾出远离平常眼光的绘图，风干在岁月渡口……

不必知晓这屋里的故事，也无须探索这屋内的世界。是否奢侈豪华、是否清新典雅已不重要，重要的是一颗恬淡的心入诗，沁出清雅的雨露。你来，花便自盛开。
设计是心写出来的故事！

后记——

不知道从什么时候开始，Crystal 的季节总有几分诡秘。布满“？？？？”的各种涂鸦，让 Crystal 眩晕，不得不再次出个报告简介一番自己……
关于设计的话题！

关于设计——

Crystal 的设计没怎么干过革命

也没做过什么 DNA 鉴定
更没参加过什么盛世典礼

Crystal 的设计对华丽的礼服不屑一试
对毕业的证书也失约不提
更不会在意他人的爱理不理

Crystal 的设计只是拿出激情漫天的勇气
保持我行我素的脾气
抓住无病呻吟的艺术气息
苦苦自学并略施小计

出彩的作品
与立场和身份没有必然联系

是不是专业这行的
看了设计作品后
你们来评

Crystal 本着不怕非议的精神
拿出自学成才的壮举
天昏地暗
昏天黑地
摸索爬行

用了好些能整容的美好记忆
找了好些能补血的设计专家作品
争取把阅历的沉淀推向艺术的无所顾忌
让 Crystal 的设计有脾气
让 Crystal 的设计锁住呼吸
让 Crystal 的设计措手不及
让 Crystal 的设计叛逆得美丽
....
尽管它总不在服务区！

最后让 Crystal 保留那
隐忍的勇气
遗憾的权利

其实
认不认可 Crystal 本人没关系
认可 Crystal 的作品就足矣

是不是好东西
看了设计作品后
你们来点定

Crystal 自爆：本人纯属草根
Crystal 失言：设计没有风格
Crystal 自恋：一直是个疯子

Crystal 暗示：确实有些天赋
Crystal 调侃：奢华是一种理念
Crystal 预言：下一世依然我行我素
Crystal 坦言：自学时很勤奋而上学时是“坏孩子”

Crystal 的遗憾：在 2014 年以前 一直抱着一种世故的心态而将所有的设计作品比赛拒之门外
Crystal 的不遗憾：获得远离世故的自由

Crystal 的态度：本人设计的态度是享受美味而不是只为了填饱肚子
只需要填饱肚子的客户不需要找专业的厨师而自己泡碗方便面就可以搞定

Crystal 认为：
简单不代表不艺术
要能将欲望的冲动视觉化
深邃的理念也可以通过简单来体现
符合大众需求的设计不叫设计而叫装修
不管是传统的还是现代的都应该有些疯狂和激情的元素

Crystal 的格言：凡是可以自由通行的路都是不正常的路
Crystal 的文化：水 ~~~

最后，分享快乐！
更多设计作品分享——

http://blog.sina.com.cn/s/articlelist_1898288183_16_1.html
http://blog.sina.com.cn/u/1898288183
http://www.xiytd.cn

新西兰返程后得知2015年装修设计荣获第三届金创意奖国际空间设计大赛陈列软装类——银奖，别墅豪宅类——年度十佳设计奖，年度十大杰出女设计师奖，并且获奖作品入选2015金创意奖全球巡展——迪拜站参展作品。

好吧！下一次B部分设计装修作品就和迪拜游记——《任性的国度》，同步分享给大家，预计2016年底出版。

——XY · 寒（Crystal）
整理于2015年春

图书在版编目（CIP）数据

设计是心写出来的故事/XY·寒著. －北京：中国社会出版社，
2015. 11
（XY·寒）
ISBN 978－7－5087－5181－8

Ⅰ. ①设… Ⅱ. ①X… Ⅲ. ①室内装饰设计－作品集－中国－现代
Ⅳ. ①TU238

中国版本图书馆 CIP 数据核字（2015）第 253842 号

丛 书 名：XY·寒
书　　名：设计是心写出来的故事
著　　者：XY·寒

出 版 人：浦善新
终 审 人：王　前
责任编辑：杜　康　　　**责任校对**：王银霞

出版发行：中国社会出版社　　**邮政编码**：100032
通联方法：北京市西城区二龙路甲 33 号
电　　话：编辑部：（010）58124864
邮购部：（010）58124848
销售部：（010）58124845
传　真：（010）58124856
网　　址：www. shcbs. com. cn
shcbs. mca. gov. cn
经　　销：全国各地新华书店

中国社会出版社天猫旗舰店

印刷装订：廊坊市印刷厂
开　　本：200mm×200mm　1/16
总 印 张：15. 875
全套书字数：100 千字
版　　次：2016 年 12月第 2 版
印　　次：2016 年 12月第 1 次印刷
全套定价：45. 00 元

中国社会出版社微信公众号